O —

editora Urutau

rua do cajú, 478,
jardim das cerejeiras
06724-015
cotia-sp (brasil)

rua manuel pacheco nobre, 128 - 5º esquerdo
2830-080
barreiro (setúbal)
portugal

[+351] 928053619 [portugal]
[+55] 11 9 4859 2 426 [brasil]

www.editoraurutau.com.br
contato@editoraurutau.com.br

[EDITORA]
debora ribeiro rendelli
[REVISÃO]
juliana palermo
[PROJETO GRÁFICO]
wladimir vaz
[COORDENAÇÃO GRÁFICA]
tiago fabris rendelli
[DIAGRAMAÇÃO]
victor h. azevedo
[CAPA]
victor h. azevedo, sobre fotografia de md mahdi

dados internacionais de catalogação na publicação (CIP) de acordo com ISBD

felizardo, luciano
F316n novelas de beco / luciano felizardo. — cotia : urutau, 2022. 104 p. ; 13cm x 19cm.

ISBN: 978-65-5900-372-3

1. literatura brasileira. 2. prosa. I. título.

2022-3260

CDD 869.8992
CDU 821.134.3(81)

elaborado por odilio hilario moreira junior - CRB-8/9949

NOVELAS DE BECO

LUCIANO FELIZARDO

[primeira edição]
URUTAU
dezembro de 2022

sumário

Para Rubem Fonseca

Há histórias tão verdadeiras que às vezes parece que são inventadas.
MANOEL DE BARROS

CORNO
{UM RISCA-FACA NO BAIRRO BRASÍLIA}

Para todo mundo que já chorou ao
som de “Ligando os Fatos”,
do Pique Novo.

Bote esse corno pra dormir, não dê cachaça mais pra ele. É que ele anda despeitado porque agora eu estou com a mulher dele.

BARTÔ GALENO

Capítulo I

Ele sabia o que teria que fazer porque qualquer um em seu lugar saberia. Era bem simples, na verdade. Isso é, quando se para pra pensar que naquela região não se tem muita coisa além da própria imagem, da própria honra. A casa era alugada — e o aluguel já atrasava em cinco meses —, não tinha mais que uma camiseta pra cada dia da semana, e sabe lá deus como é que ainda conseguia dinheiro pra beber. Ele só tinha mesmo o Chevette — que mais quebrava que andava — e o amor dela. Quer dizer... o amor dela ele não tinha mais. Mas o Chevette nunca o abandonava, e ele o estacionou ali perto. Não era aquele o bar que costumava frequentar, mas era ali que tinha que estar naquela noite.

Seria injusto dizer que foi uma decisão fácil (porque nem era ainda, de fato, uma decisão), mas era a única escolha possível — o que não o impedia de sofrer. O carro estava parado a um palmo do meio-fio, os vidros levantados, a fumaça do cigarro tapando tudo ali dentro e o Periclão cantando "Até que durou" no rádio. Ele chorava. Depois disso tocou "Tchau e Bença" do Exalta, e logo em seguida, "Você me vira a cabeça" da Alcione. Aí ele não aguentou mais e precisou sair. Por pior que pudesse ser, dentro do bar seria melhor que dentro do carro.

Assim que entrou, ele estranhou o local e se perguntou como, passando sempre pelo bairro, não tinha reparado naquele lugar. Era pitoresco. Assustador de certa forma. Era como um vão mal-acabado, com quase zero de iluminação e conforto, lembrando a ele cenários de filmes (nos quais não se passavam histórias das mais agradáveis). Ele sentiu um arrepio subir do cu até a nuca.

O único espaço realmente iluminado do bar era o meio metro quadrado onde o cantor se apresentava. Era um moleque magrelo de cabelo crespo, a pele escura, camisa folgada e com um violão velho que soava "Tive Razão" do Seu Jorge pra o garoto cantar e fazer embrulhar as tripas e "as vermes" do cliente recém-chegado.

Aquilo parecia uma espécie de teatro, e naquele palco o menino interpretava alguma tragicomédia sobre a desgraça e a tentativa desesperada de recuperar um resquício de dignidade que fosse. No fundo, no fundo, o homem esperava que desse tudo errado. Seria bem mais fácil.

Precisaria estar sóbrio pra fazer bem-feito o que pretendia fazer, mas conseguir manter a sobriedade enquanto o cantor puxava "Bom dia, tristeza" do Adoniran Barbosa era uma façanha quase impossível. Derrubou uma dose de Pitu. O garoto cantou "Eu e você sempre" do Jorge Aragão. Isso custou mais três doses, e, quando sentiu que a cabeça já não estava mais tão firme quanto ele achava que deveria estar, desistiu da Pitu e ficou só na cerveja. Uma garrafa, duas...

Uma mulher, que ele nem viu chegar — o que o fez pensar "hora de parar com a cana" —, sentou à mesa dele.

"Posso ficar aqui?"

"Fique à vontade. Queis um golinho?"

"E não?"

"Pegue o restante da garrafa aí. Vou beber mais não hoje."

"Tais puto, é?"

"Dá não pra ver?"

"E o que foi que teve?"

"Quero não falar disso."

Ela continuou ali bebendo. Ele não resistia e hora ou outra tomava um gole.

"Tu já levasse gaia, menina?"

"Levei." — Ele ficou surpreso com ela, que respondeu rindo, como quem lembrava de uma piada antiga.

"É foda, visse?"

"Descobriu tuas ponta há pouco tempo, foi?"

"E eu disse que sou corno?"

"E precisa?"

"Claro."

"Tu tais aí com essa cara de rapariga véia chorona, sozinho nesse buraco, essa hora e já tá bebo cego."

"'Bebo cego' não, me respeite."

"Eu só não sei quem é a doida que ia botar gaia nim tu."

"Isso é conversa" — ele cochichou, mas até que havia uma certa verdade na fala dela. É claro que o bigode grosso e amarelado não valorizava muito sua aparência (e ele até sabia, só que tinha preguiça de estar sempre tirando), mas era fácil de perceber a beleza imponente de seu rosto. A força sincera e pura de sua presença. Até as rugas e as marcas de queimado de sol davam uma espécie de charme quando combinadas à chamazinha que tinha no olhar e que — mesmo num momento como esse, no qual perigava apagar — ainda brilhava um pouco em meio àquele bar mal iluminado. Seu corpo também não era de se jogar fora. O tempo que passou trabalhando como pedreiro lhe rendeu ombros fortes e braços bonitos (além de uma hérnia de disco fudida). Ele ainda tinha algo de bom ali, tinha algo que talvez valesse a pena tentar resgatar pra seguir em frente, pra deixar a chama de seus olhos queimar o que sobrou de vida.

Mas doía, ainda. O que lhe restava era bem pouco, e sua mente flutuava perdida. Ele tentava prestar atenção no ambiente pra não perder a deixa, prestar atenção na mulher que bebia com ele, no garoto que cantava "Vai vadiar" do Zeca Pagodinho, mas ainda doía, e o pensamento dele vasculhava todo o passado tentando encontrar, erro por erro, qual foi o deslize que o trouxe até aquele momento.

"Fale sério, por qué que tu tais aqui?"

"Queis saber?"

"Rasgue."

"Vim matar o dono do bar."

Capítulo II

Fazia pouco mais de vinte anos, e o padre perguntava se ela aceitava o corno como esposo. Ela dizia que sim e que o amaria pelo resto da vida. Vai ver ela tinha morrido havia um tempo, e ele não tinha percebido. Tinha renascido e esquecido dele. Não fazia ideia. Mas o dono estava entrando pela porta, e, ao vê-lo, tudo o que passava na cabeça do homem era:

'Essa peste? Ela me trocou por essa peste?'.

E a aparência dele era mesmo um pouco... longe do convencional. Ele mancava de uma perna, tinha cicatrizes de buraco de bala no braço esquerdo e usava um tapa-olho. Ao entrar, foi cumprimentando, uma a uma, as poucas pessoas que estavam no bar. Pegou na mão do novo cliente e abriu um sorriso largo e hospitaleiro.

"Nunca te vi por aqui. Seja bem-vindo, viu?" — Seus dois incisivos eram de ouro.

Não houve resposta. O que era pra ser um gesto de acolhimento fez todo o interior do Corno explodir e explodir e explodir. Teria matado ele ali mesmo, mas seria difícil assim, de frente. Ele sabia quem ia enfrentar. Olhou pro sapato do desgraçado, e estava manchado de sangue. Era provável que estivesse voltando do trabalho. Aquilo seria um tiro no escuro, e ele não queria que a bala acabasse no próprio pé. Houve uma cuidadosa coleta de informações antes de começar tudo. O dono do lugar se chamava Celso, e o estabelecimento era só uma renda extra, sua remuneração principal vinha dos pagamentos que recebia pra matar gente. O bar era o ponto dele, era onde os clientes iam procurá-lo. De lá ele saía pra flertar com a morte. Talvez hoje fosse a morte que tivesse vindo flertar com ele.

"Tu é doido, é? Queis matar o Celso?" — Quando ela falava parecia loucura.

"Quero."

"E por acaso t..."

"Sei, sei."

"E como é que tu acha qu..."

"Eu sei o que eu tô fazendo."

Ele não sabia. Tinha tentado conseguir uma arma, mas nem tinha dinheiro pra comprar, nem tinha mais como pedir dinheiro emprestado. Tava lotado até o toba com empréstimo e vivia se perguntando quando era que o agiota ia cumprir as ameaças. Cleiton também não quis emprestar a arma. 'Arma não se empresta, que o dono se envolve na confusão', ainda mais se não houvesse experiência no assunto por parte de quem queria usar. O jeito seria usar a faca que tinha e rezar pra que o troncho caísse rápido, porque, se fossem pra luta corporal, era MUITO provável que Celso ganhasse. Ele vivia de matar — além de ser faixa roxa de karatê (até isso o Corno descobriu).

Precisava mesmo fazer aquilo, mas se sentia nervoso demais, e o efeito do álcool ainda estava forte. Esperou ficar (um pouco mais) sóbrio, o que não estava acontecendo. Passaram-se quinze minutos, trinta minutos, quarenta minutos, e ele ainda estava alto. Talvez fosse nervosismo, e não álcool. Não podia esperar muito mais tempo, já que chegava uma pessoa e outra pra falar com o matador, e não se sabia quando que algum daqueles serviços seria urgente. Não podia deixar aquele porra sair (pelo menos não vivo), então foi até ele.

Celso estava sentado num banco, virado pro balcão, dando as costas pra porta da frente. Era a chance perfeita. Tiraria a lâmina do bolso e cortaria o pescoço dele... só faltava a coragem.

"Opa."

"Oi, meu patrão. Sussego?"

"Só ouro." — O Corno sentou do lado do cara e só conseguia ver o corpo do miserável ensanguentado no chão.

"Nunca vi tu por aqui, não."

"Nunca vim mermo, não."

"Mas tais gostando?"

"Rapaz... é massa. Só o menino ali que podia cantar umas música menos sofrida. Cada uma é uma facada no boga."

"Vôte. E tu levasse gaia, foi? Pra tá sofrendo assim..."

O blasfêmia era, além de cabra safado, ousado. Além da ponta, a audácia de soltar uma dessa? Mas... e se ele não soubesse que era ela e que...

"Levei não. Esse negócio de gaia num existe, não, é coisa que botam na sua cabeça."

"Tu é uma resenha, macho. Gostei de tu." — Celso falou, enquanto ria.

"Gostei de tu também, home." — O Corno segurou o vômito que quis sair no meio da frase — "Mas aqui é meio parado, né? Que hora é essa?"

"Vai dar onze ainda."

"Oxe! E as quenga começa a chegar que hora?"

"Rapaz... se eu disser pra tu que eu num sei, tu acredita?"

"Acredito não" — falou e forçou um sorriso ridículo.

"Acho que as movimentação começa mais lá pra perto de meia-noite, uma hora, por aí. Eu sei que eu sou o dono, mas eu era mais ligado nisso aí antes."

"Oxe. E por quê?"

"Porque eu saí desse mundo de raparigagem."

"Virasse crente, foi?"

"Arrumei uma mulé." — E por pouco essa frase não o comoveu. O olho de Celso brilhou quando lembrou e falou dela.

"E foi?"

"E num foi não?"

"E vale a pena deixar a farra por isso?"

"Deixei quatro mulé mó de dela, mas num me arrependo não."

"Pois a bicha deve ser rocheda."

"É, doido. A mulé é gostosa demais, carinhosa, gente fina, trabalhadeira... pense."

O sorriso estampado no rosto de Celso era tão, mas tão sincero, que por um momento o Corno queria mesmo ter uma arma pra matar ele num pipoco só e não estragar aquela alegria com tanta facada. Ele só esperava que matar a primeira vez não fosse tão difícil quanto diziam.

"Tu é daqui, patrão?"

"Sou não."

"É de onde?"

"Você sabe de onde eu sou."

"Sei?"

"Sabe."

"Oxe? Como assim?"

"Num se faça de besta, não. Ou você não sabe?"

"Eu acho que tu tomasse Pitu demais, macho."

"Você sabe onde tá *tua mulé* agora?" — Ele disse empregando o máximo de nojo e desprezo que conseguiu.

"Quê? Vôte! Tá em casa. Por quê?"

"Na primavera? Primeira à esquerda depois do bar do Israel?" — A satisfação do Corno foi ver um tracinho de medo se formando na cara do pé-de-pano.

"É o q..."

"Casa de muro amarelo?"

"QUE PUTARIA É ESSA?"

"A Cláudia é minha esposa."

"Aí dento. Ela..."— o Corno nem deixou Celso terminar. Mostrou a aliança no dedo e avisou:

"E tu vai morrer agora, fela da puta!"

Ele percebeu que deveria ter bebido menos ou gastado menos de si cantando pagode (ou, no mínimo, deveria ter checado tudo), porque, quando pôs a mão no bolso pra puxar o canivete, não achou. Mexeu rápido no outro bolso, e também não tinha nada. Tentou manter a postura e não trair o medo que sentia, mas o desespero tomou conta dele e se fez nítido em seu rosto.

Enquanto a mão ia buscar a faca e voltava vazia, Celso se recuperou do susto e não perdeu mais tempo: deu-lhe um soco (forte o suficiente pra fazer o Corno cair no chão como se fosse uma sacola de bosta jogada na parede), quebrou uma garrafa no balcão e retrucou:

"Quem vai morrer é você e a puta que lhe pariu, Corno do cranco."

E o Corno pensou: 'me fudi.'

Capítulo III

Ainda em desespero, ele continuava a pôr a mão em qualquer brecha que houvesse em sua roupa à procura de alguma arma ou de qualquer coisa que servisse como uma. Celso se abaixou para enfiar o vidro em sua barriga, mas num movimento instintivo ele conseguiu girar pelo chão e sair do caminho do golpe. No meio dessa agonia, percebeu que — por algum motivo que sabe lá padrinho Ciço qual — tinha uma caneta no bolso. Levantou com ela em punho, tirou a tampa e enfiou-a no antebraço de Celso, que ficou atordoado o bastante pra acertar (provavelmente) o soco mais forte que já acertou num corno durante a vida. O Chifrudo só não caiu porque conseguiu se apoiar numa cadeira antes da queda, cadeira essa que, sem nem pensar, ele levantou e quebrou nas costas de Celso.

"Filho da puta. Além de ser corno é covarde." — Celso ainda tentava reunir forças pra se levantar quando outra pancada o jogou de novo ao chão. O Traído tinha pegado uma mesa de plástico e batido com toda sua força na cabeça do matador, que caiu desacordado por alguns segundos.

A chance para terminar o serviço — mal começado, diga-se de passagem — era essa, não fosse um amigo do quase-morto que vinha em auxílio a ele. Correu de um lado do bar ao outro, brandindo uma faca com a qual pretendia cortar Corno feito fruta podre.

No pouco tempo que sobrou pra procurar se proteger, Corno viu a perna da cadeira que tinha quebrado, pegou-a e com ela acertou a mão com a qual o homem segurava a faca. Ele pareceu nem se importar com a perda da arma e pulou como uma besta em cima de Corno, que, no chão, embaixo dele, levada mais socos do conseguia contar (e sentir) — e aguentar. Num ato quase que impensado, Corno jogou o braço pro lado, encontrou a faca que havia caído e, com ela, começou a esfaquear o homem. Enfiar a faca e tirá-la pra enfiar de novo quantas vezes fossem necessárias até que ele caísse. E ele caiu. Jogou o corpo — aparentemente morto — pro lado e levantou pra deixar o do outro no mesmo estado.

Ele só não contava com o fato de que Celso também estava levantando.

"Ô, corno atrevido da peste."

"Tu num morre, não, é, bobica do cranco?"

E correram — ou pelo menos tentaram correr — um em direção ao outro, começando uma troca alucinada de socos na qual ninguém sabia quem acertava quem. Não que muita gente ainda tivesse ficado no bar, restavam só uns dois ou três curiosos que não resistiam a uma bagaceira, mas esses não conseguiam entender o que se passava naquela peleja esquisita. Foi quando uma daquelas mãos que rasgava o ar sobrou no queixo de Celso, que desabou de novo e perdeu o resto da paciência. Decidido a partir pra deselegância e acabar com aquela merda de uma vez, o matador puxou o revólver que trazia guardado atrás da calça.

Vendo o começo daquele movimento, Corno previu o que aconteceria e correu em direção a Celso, segurando as mãos que seguravam a arma e começando mais um *round* daquele combate estúpido. Um puxava o revólver, o outro puxava de volta, e nisso algumas balas escaparam. Uma no chão, uma no teto e uma na coxa esquerda de Corno, que estava tão determinado a fazer o que se propunha que mal sentiu a dor. Desistiu de puxar a arma e fez força no sentido contrário, ao mesmo tempo em que pôs um pé pro tropeço do cabra. Resultado: a arma estava com Corno, e Celso estava no chão.

"Ei, macho, tenha calma. Tu vai fazer isso pra quê?"

A falta de resposta o fez entender que estava chegando bem perto da morte.

"Num tem pra que isso, não, carai."

Corno divagava e se perguntava se era isso que Celso sentia quando ia executar alguém, porque, na verdade, vê-lo temer pela vida lhe rendia algum prazer.

"Me matar num vai trazer ela de volta pra tu, não, porra."

Era daquele jeito que as vítimas dele se comportavam antes da morte?

"A Cláudia não lhe ama mais, meu amigo. Ela *me escolheu*, e você tem que aceitar."

Um tiro.

Mas Celso ainda estava vivo.

"Pelo amor de Deus!"

Outro tiro.

"Ô, corno arrombado da peste. Tu merecesse a gaia que ela botou nim tu, macho fraco do caralho."

Corno chegou mais perto, pisou no peito do por-pouco-não-morto, olhou no fundo do olho dele e deixou cair uma lágrima.

"É bom que se foda, otário fela da puta. Cláudia não vai mais me ter, mas consegue arrumar bosta melhor que tu em qualquer buraco."

Apontou pra cabeça do condenado e atirou.

Agora ele estava morto — e talvez o corno também estivesse.

Apontou a arma pra própria cabeça e puxou o gatilho. Nada. Não tinha mais bala. Uma bosta mesmo.

Capítulo IV

O que será que ela estava fazendo agora? Pensando agora? Sentindo? Será que ela tinha encontro marcado naquela noite? Como foi que eles se conheceram? Em que momento tinha se tornado alguém tão desinteressante? Ele sabia o que tinha feito. Não. Não sabia mais. Em um segundo sabia, no outro não lembrava. Ele levantou a cabeça, olhou ao redor, e não havia mais ninguém no bar, era ele e dois corpos mortos no chão. A bala na coxa tinha começado a doer. Dor aguda. Latejava. Sangrava muito. O corpo estava ensopado de sangue, e agora cada centímetro da sua musculatura doía. Não que ele estivesse mexendo. Estava parado. Parado, olhando pro nada e pensando em... na verdade, não estava pensando em nada também. Olhava pro nada e não pensava em nada. Era isso.

Foi aí que ele ouviu um ranger. O menino saía de uma porta nos fundos com uma mulher que parecia ter uns vinte anos a mais que o garoto. Suados e com os cabelos bagunçados, os dois, ao verem a cena, foram tomados um estupor absoluto.

"Tu canta bem, caralho."

"... É... brigado. Eu acho."

"Devia cantar umas música mais animadazinha também, às vezes."

"... É?"

"Uhum."

"É que o dono do bar manda eu cantar música de corno. Diz que faz sair mais cachaça."

"É... mas agora ele não vai mais poder mandar porra nenhuma."

"Eita..."

"Pois é."

Ele tentava pensar no que restava a ser feito agora. Em direção ao carro, foi saindo do bar a passos lentíssimos — que era o mais rápido que conseguia se mexer. A chave não abria a porta do Chevette. Tinha sido entortada na briga. Ele tentou abrir mais vezes do que pensava que ainda tinha paciência pra tentar, mas a perdeu de vez e quebrou o vidro com o cotovelo. Abriu a porta por dentro, entrou e ligou o rádio. Tocava "Temporal" do grupo Art Popular.

Às vezes, sua vista escurecia um pouco e ele sentia o corpo perder o restinho das forças — que por um milagre ainda tinha. Mas precisava ficar acordado. Queria ouvir aquela música.

E o que faria agora?

Ele não conseguia pensar.

Ia pro hospital? Pra casa? Pra outra cidade? Outro estado?

Ia ser preso, tinha certeza. Mas ia passar em casa antes? Será que agora, que o pé-de-pano morreu, Cláudia o amaria de novo? Se amasse, ele até iria feliz pra cadeia. Não. Ela ia arrumar outra pessoa enquanto ele estivesse preso. Ia continuar sendo Corno. Não. Ia se divorciar antes da sentença. Ou não. Ia morrer ali naquele carro. Ou ia em casa? E se ele fosse e dissesse que fez aquilo tudo por amor? Não. Ele sabia que, talvez, nem a amasse mais e não a amava já fazia algum tempo. Ela só teve a coragem de admitir antes dele. Mas ele recuperou sua honra. Não foi? Matou um matador! Ele seria um bom matador? Não. Devia ter sido sorte. Só sorte. Duvidava de que Celso ficasse naquele estado depois de cada serviço. Duvidava de que Celso já tivesse levado gaia. Não. Ele já devia ter levado... e matado o pé-de-pano a sangue frio. De qualquer forma, era gostoso o vento que entrava pela janela quebrada e acariciava seu rosto.

Começou a tocar "Quem ama não pisa" do Grupo Revelação, e ele chorou outra vez.

Não ia a lugar nenhum. Na verdade, nem sabia se tinha pra onde ir. Devia ter. Não lembrava. Não lembrava muita coisa, só veio recordar o que tinha acontecido há pouco quando viu pelos retrovisores a luz azul e vermelha da sirene da polícia.

Precisava fugir, mas o carro não ligava. A chave tinha se estragado, é verdade. Mexeu no porta-luvas, achou uma chave reserva. Mas ainda não ligava.

Tocava "Fulminante" do Mumuzinho.

Girava e girava e girava a chave. O Chevette não ligava de jeito nenhum. Devia ser a bateria.

Um carro da polícia parou em frente ao seu, um parou ao lado, e um atrás.

Perdia sangue demais e se sentia muito fraco. Não conseguia pensar muito bem no que fazer.

Mumuzinho cantava "Já era, já era".

"É isso. Já era."

QUENGA

Para as puta do Pilar.

Rapariga é gente fina, raparigas, para mim, são nota 10.

CARLOS ADIEL

Capítulo I

Era quinta à noite. O vento era frio, e a maresia deixava a pele dela liguenta. Nada a que já não estivesse habituada. Fazia ponto ali há... nem ela lembrava quantos anos. Era um bairro próximo à praia, e ela estava a duas ruas do mar. Tinha um cigarro na boca, com o qual tentava se aquecer, mas aquele frio já estava lá há mais tempo que o tempo de trabalho.

Quem a olhava para avaliar costumava dizer que a idade a tinha maltratado bastante. Que lhe tinha pisado sem piedade. Ela não tinha mais a silhueta que um dia chamou tanta atenção, que serviu de objeto e que, instrumento de trabalho, matou a fome que a matava. Estava ficando velha. Talvez por isso sentisse agora mais frio que nunca. Acendia um cigarro no outro. Três, quatro, cinco, seis cigarros. A carteira tinha acabado. A segunda do dia. A cada bituca parava um carro. O motorista avaliava e seguia em frente. Três, quatro, cinco, seis carros. Noite de pouco serviço como foram as últimas três, quatro, cinco, seis noites.

"Puta véia."

"Quenga fraca."

"Derrubada do cranco."

Tudo bem. Não. "Bem", não, mas tinha se habituado. Gostava de pensar que as pessoas conseguem se habituar às coisas. O trabalho dela exigia, basicamente, isso. Adaptar-se. Além de ter coragem, desespero e fome. No início ela sentia que era levada pouco a pouco cada vez que a compravam (e nem era por um preço bom, diga-se), mas agora já não sentia mais nada. Já tinha fugido de 38, brigado de mão limpa pra sair de onde queriam deixá-la trancada, já tinha precisado dar facada e tiro... era a "vida fácil", então mais uns três xingamentos nos próximos quarenta minutos ela sabia que conseguia suportar sem tanto esforço.

* * *

Foi depois de mais dois carros, dois cigarros e dois gritos, que um Maverick vermelho — com duas listras pretas — parou ao seu lado. No rádio tocava uma seresta — que ela não conseguiu identificar de primeira, mas sabia que conhecia de algum lugar. O motorista (e possível cliente) acendeu a luz interna no momento em que ela pôs a cabeça janela adentro. Ele segurou seu queixo e olhou seu rosto em silêncio e com atenção. Demorou uns quinze segundos, então abaixou o som, olhou no fundo de seus olhos por mais um tempinho e perguntou quanto era.

"50."

"Entraí" — e retomou a música. Ela reconheceu e quase riu. Era "Rapariga Nota 10" na voz de Carlos Adiel.

"A gente vai pra onde?"

"Importa?"

"Talvez."

"Pra minha casa." — Que ficava a mais de 30 minutos dali.

* * *

Não se sabia quanto dessa meia hora já havia passado, mas parecia que estavam calados há uma eternidade. Foi quando ele parou o carro e ficou encarando a mulher.

"O que foi?" — Ela perguntou, levemente assustada. Assustada de um jeito que não ficava desde que os dois primeiros anos de serviço se passaram. O homem tinha uma aparência estranha. Parecia ter se fudido algumas vezes. O nariz era quebrado, tinha marca de facada acima da sobrancelha e uma das orelhas tava faltando pedaço. Isso fora o olhar. O olhar era estranho.

Ao ouvir a pergunta ele riu, porque achou ridícula a tentativa dela de disfarçar o medo. Foi em meio à risada horrível que ela pôde ver que um de seus dentes da frente era quebrado.

"O qué que tu gosta de ouvir?" — E ele parecia realmente interessado.

"Hein?"

"Música."

"..."

O homem abriu o porta-luvas, que estava cheio de discos, e

"Escolha um." — Pediu com uma gentileza inesperada. Ela escolheu "Farol das Estrelas" do Soweto.

"Como é que tu tais?" — A voz dele parecia, estranhamente, carregada de carinho.

"...O quê?"

"Você" — falou enquanto ria da expressão de 'o qué que tá acontecendo?' dela.

"Tô bem... e você?"

"Certo... não me convenceu, mas tô bem. Só tô precisando de uma carreirinha. Tô sentindo a falta já. Tu cheira?"

"E eu cago dinheiro?"

"E se eu oferecer, tu cheira?"

"Por quê?"

"Só pra saber."

"Eu não tenho dinheiro pra ficar cheirando depois, se der vontade."

"E se eu passar lá toda noite pra gente cheirar?"

"E tu quer quenga ou namorada?"

"E namorada é amiga de carreira, é?"

"No mínimo você vê direto."

"Tu é mei infezada, né?"

"Tenho que ser" — nesse momento ela deixou uma risadinha escapar no canto da boca. Ele viu e sorriu também.

"Já atirasse em gente?"

"Tu é delegado ou padre?"

Dessa vez ele gargalhou.

"A gente chegou."

Era um prédio de primeiro andar ao lado de um beco. Do outro lado da rua tinha quatro rapazes. Três com camisa da Mancha Azul e um de cabelo rosa vestido numa camiseta do CRB.

"Falaí, lek." — O regatiano gritou.

"E aí, minhas joia!"

"Tu tem hoje?" — Um dos do CSA perguntou.

"Hoje num dá, não, pô. Amanhã eu trago. Vai tá por aqui?"

"Engraçado, o senhor."

"Então amanhã eu trago pra tu tragar."

'Piada bosta da peste.' a mulher pensou enquanto subiam as escadas. No térreo era uma igreja, mas o acesso ao andar de cima era independente.

"Eu moro aqui."

Ok. A vida que aquela mulher teve não dava a ela o luxo de se assustar com qualquer coisa, mas naquele apartamento lhe bateu uma sensação ruim por uns dois segundos. Tinha mais arma num só cômodo do que o que ela viu de arma a vida inteira, além de uma parede suja cheia de faca pendurada. E não era como se o apê estivesse sem ser limpo por dias, é como se nunca tivessem limpado. As portas e janelas todas estavam meio quebradas, e num canto da sala estavam empilhados pacotes e mais pacotes de cocaína.

"Vai querer?"

Ela nem ouviu ele falar.

"Ein?"

"An?"

"Pó. Vai querer?" — E a mulher notou que ele parecia um pouco triste.

"Não, não." — Ela ainda tentava calcular e compreender a situação na qual tinha entrado.

Não que tivesse visto menos de 30 facas ali, mas o estalo do canivete tirado às pressas do bolso dele ainda a fez piscar os olhos com um pouco mais de força. Ele tentou enfileirar o pó com a faquinha, mas deu errado. Pegou um cartão de crédito, mas tirou do bolso tão rápido e tão sem jeito que acabou quebrando. Puxou outro e conseguiu com esse, então pegou uma nota de cinquenta que estava no chão de bobeira e fez de tubinho pra aspirar. Deu uma risada baixa e abafada ao terminar e jogou o dinheiro de qualquer jeito em qualquer canto. Ela não se incomodou e acendeu um cigarro.

"Pelo cheiro tu já fumasse bem uns dez hoje."

"Foi o segundo maço."

"Fuma maconha?"

"Não. Num gosto." — Já falava com mais tranquilidade. Pensou que talvez aqueles surtos repentinos do tal do cliente fossem só abstinência.

"E tu é uma puta conservadora, é?" — Mas a pergunta foi feita num tom de voz que espantou dela a tranquilidade que tava querendo voltar.

"Eu só num gosto, oxe." — Ela mal terminou de falar, ele tirou um revólver de trás da calça, apontou pra testa dela e gritou:

"E SE EU LHE OBRIGAR A FUMAR?" — A expressão do rosto dele era de uma bestialidade terrível e incontrolada, e foi aí que a calma se apossou de vez da mulher. Um tracinhozinho de medo ainda teimou em desritmar seu peito, mas nada que fosse atrapalhá-la. Num movimento rápido e forte (mas suave e preciso), ela tomou a arma da mão dele, jogou-o no chão com um *osoto gari* e apontou a arma pra cara do desgraçado.

"AGORE SE LEVANTE DAÍ QUE EU LHE INHENCHO DE BALA, FI DA PESTE, ARROMBADO."

E ele ria. Ria, ria, ria. Riu tanto que chorou.

Quando terminou o riso (que só terminou depois de terminar o choro), levantou e pôs o dedo na saída do cano, carregando uma expressão como que afetuosa no olhar.

"Desculpa o susto, mas isso foi muito bom." — E puxou um dinheiro do bolso de trás, contou duzentos reais e ofereceu. — "Tome pra descontar dessa resenha."

"Que porra de doente é você? E EU MANDEI NÃO LEVANTAR."

"Eu sei, mas você não vai atirar... e você sabe." — E ao ouvir isso a mulher atirou na parede, fazendo a bala tirar fino na orelha dele, só pra ver aquele sorriso imbecil sair do rosto do infeliz.

"VOU NÃO?"

"Se quiser, fique à vontade. Aqui tem muito pó e muita arma. No mínimo tu pega, vende e tira um trocado. Pode até parar de dar o xibiu, se quiser. Ou tu dá porque tu gosta?" — Essa piadinha ela não tinha como deixar passar. Precisou responder e fez isso com um murro forte no queixo. O barulho do soco ecoou junto ao das batidas que vinham da porta.

Ele levantou do tombo que a pancada o fez levar, limpou o pouquinho de sangue que descia do canto da boca e foi atender quem chamava. Era o regatiano.

"Véi, esse pipoco de bala foi aqui?"

"Qual?"

"A quenga tá dando trabai, é?" — Ela percebeu agora que o braço do menino tava numa tipoia.

"Aqui tá tudo certo, meu sandy júnio."

"Tá mermo?"

"Confie, pivete."

"Qualquer coisa..."

"Eu faço que nem o Pixote: mando um sinal."

"Suave então."

"Os menino da calçada são teus segurança, é?"

"A gente se ajuda."

"E tu paga com pó?"

"E com o cu."

"An?"

"Eu pago o aluguel deles. A luz, a água, a feira e os remédio das mãe. Os pai eu não sei. Mas nunca pedi nada, não. Eles me protege porque querem."

"Você paga a vida deles?"

"E de mais uns dez moleque dessas banda."

"Pra quê?"

"Porque eu tenho dinheiro pra fazer isso e quero fazer, aí eu faço."

Ninguém nunca tinha pagado nada pra ela. Mal pagavam pelo priquito que usavam (mal).

"Tem mais alguma coisa estranha dessas que eu devia saber?"

"Dois dos moleque da Mancha Azul são faixa marrom de jiu-jitsu."

"Tais querendo mangar da minha cara, é?"

"Eles são."

"Certo."

A última fala dela foi acompanhada de uma virada forte de olhos e um cruzar de braços misturado com um dar de ombros. Era quase como se ele não fosse mais um cliente. Não se deu conta. Ele percebeu. Pegou a mão dela com suavidade, esperou que ela o olhasse e então a beijou. Não deu um beijo rápido, um beijo morno ou um beijo dado só por beijar, ele — de fato — a beijou. Ela também não lembrava da última vez que havia sido de — fato — beijada. Ele se afastou, olhou em seus olhos com calma e lhe deu um selinho, descendo a boca até o pescoço e parando ao sentir que ela se arrepiava.

A mulher não entendia nada do que estava acontecendo e ficou parada observando ele dar meia-volta e ir cheirar mais pó.

Ele cheirou mais do que ela achava que alguém cheirava de uma vez, mas não parecia haver mais nenhuma mudança brusca em seu humor ou comportamento.

"Certeza que num quer?"

Ela ficou pensativa, e, ao perceber isso, ele levou uma carreira numa tábua de cortar carne (que tinha mais sujeira que pó). Ela cheirou, ele jogou a tábua pro lado e atirou a boca na boca dela, beijando desesperadamente e diminuindo até passar a beijá-la com calma. Chupou o pescoço dela até deixar uma marca violenta e, quando deixou, parou encarando-a e respirou fundo.

"Como é teu nome?"

"O quê? Por quê?"

"Teu nome. Como é teu nome?"

"Eu?"

"Você."

"Kelly Xayanne."

Ele tirou seu *cropped* e a minissaia que ela usava, e ao tirar ouviu a mulher perguntar:

"E teu nome?"

Ele começou. Ela desistiu do nome e sentiu. Ele tirou a língua e fez o que tinha de fazer com os lábios. Beijou o xibiu dela com o mesmo carinho puro com o qual beijou sua boca. Ele a amou com seu rosto e, ao sentir que ela finalmente tremia, deixou-a de novo, foi cheirar o que tinha que cheirar e pôs-se a rir de leve e com satisfação.

Olhou pra ela e a viu calma. A calma dela não o assustou. O sorriso dele a assustou, e o susto dela o agradou.

O homem colocou "Für Elise", puxou o indicador dela com o dele e dançou uma valsa lenta até um quarto que ficava do outro lado da casa. O quarto era escuro, sem janela ou móvel algum. A única coisa que havia ali era um colchão (no chão). Ela não percebeu. De alguma forma, ele havia prendido sua atenção.

Kelly Xayanne não teve contato com o amor, então não tinha pra si esse conceito, não sabia o que isso seria ou não, mas, pelo que tinha ouvido falar, parecia ser com amor que os olhos dele a apreciavam quando transaram pela primeira vez (e nas vezes seguintes). Ela tentou transmitir algo parecido enquanto gritava quando chegou pela primeira vez (e nas vezes seguintes também).

* * *

Ninguém sabia há quanto tempo haviam começado, mas decidiram terminar no mesmo momento, sem falar nada, por sintonia e só. Deitaram um ao lado do outro e fitaram o teto.

"Como é teu nome?"

Ele continuou sem responder. Levantou e pensou em cheirar pó. Desistiu e ficou em pé na porta do quarto observando Kelly com atenção. Ela sentou no colchão e fumou. Fumou três, quatro, cinco, seis cigarros. Ofereceu ao tal do cliente. Ele não quis.

"Por que você fuma tanto?"

"Por que você cheira tanto?"

O cara foi na sala, pegou cem reais, entregou a ela e falou:

"Isso é a taxa pra você responder minhas pergunta."

"Mais cinquenta" — ela brincou. Ele pegou mais cinquenta e lhe entregou.

"Por que você fuma tanto?"

"Por que você cheira assim?"

"Eu já paguei."

"Porque tem alguém antigo no meu peito que eu preciso matar."

"Sufocado?"

"É o jeito."

"E tá conseguino?"

"Acho que... eu acho que eu tô."

Dessa vez foi ela que o beijou. Levantou-se, bateu-o contra a parede e o beijou como não beijava ninguém desde que começou a fumar. A mão dela nele parecia a mão do Clapton na Blackie. A boca dela nele, a do Miles Davis no trompete. Ao que parecia, ali ela matava a pessoa daquele passado mais eficientemente que com cigarro.

Ela não sabia ainda o que era. Ele talvez soubesse. Meia hora depois eles fumavam juntos.

"Por qué que tu tais fumando também?"

"Deve ter alguma coisa sua agora dentro de mim. Quero te ajudar a matar ele."

"E se for ela?"

"Eu ajudo também."

Capítulo II

O primeiro raio do sol entrou no apartamento ao mesmo tempo em que o último suspiro do prazer deles saiu.

Ela não lembrava com quantos homens havia se deitado, mas lembrava quantas vezes tinha sido assim. Ele olhou pra ela, chamou-a de Kelly e a partir das três da manhã deixou que ela escolhesse a trilha sonora. (Ela pôs o disco do Exalta de 2009 — *Ao vivo na Ilha da Magia.*)

* * *

Kelly saiu do quarto e cheirou uma carreira de pó. Olhou a rua pela janela e voltou pra ele. Ele fumava.

"É o terceiro já. Tu num liga não, né?"

Ela não ligava. Ele acendeu outro cigarro naquele. Depois veio o quinto, o sexto...

"Tu faz isso tem tempo?"

"Vendo?"

"É."

"Faz tempo não."

"E tu fazia o que antes?"

"Dava o cu."

"Deixe de pantinho, fébe do rato."

"Era da polícia."

"Fale sério."

"É sério."

"E como foi isso?"

"Já ouviu falar nas puta do Pilar?"

"Sei que em todo canto tem puta. Sei que no Pilar deve ter também."

"Das puta polícia de Pilar."

"Ouvi não."

"Uma turma toda de mulé policial veio de lá. Pegaram as quenga tudo que tinha naquelas banda e botaram pra trabalhar de militar."

"E tu era quenga no Pilar?"

"Não, mas minha irmã era. Na época ainda entrava gente pra trabalhar por indicação. Minha irmã dava prum coronel e pediu prele me botar na polícia. Ele me botou."

"E aí?"

"E aí eu trabalhei. Me aposentei por questão de saúde. Me reformaram."

"E o qué que tu tem?"

"AIDS."

"É O QUÊ?"

"Eu tô brincando."

"Fila da puta. Então o que é?"

"Num quero falar disso." — Ele acendia o nono. — "Queis que eu acenda um pra tu?"

"Quero não." — Negou e foi cheirar mais um pouquinho. As músicas que ela escolheu acabaram. Ele pediu que colocasse a nona sinfonia de Beethoven. Ela nunca tinha parado pra ouvir direitinho, mas, prestando bem atenção, percebeu que adorou. Depois dessa tocou "Singing in the Rain".

"Tais com fome?"

"Eu tô."

"Tá bom." — E foi fazer um café da manhã pra ela. Assou pão, fez suco de morango com leite, fritou ovo e tirou do armário um pote grande de Nutella. Terminada a comida, eles foram ao banheiro e tomaram banho juntos. Ela ia perguntar o nome dele de novo. Desistiu.

Agora era Kelly quem estava de pé escorada nos umbrais da porta do quarto enquanto o via fumar no colchão. Aquilo era bom, mas já tava na hora de ir embora. Juntou suas roupas — que ficaram espalhadas ao longo da casa — e se vestiu.

"Já vai?"

"Tenho que ir."

"Beleza."

Ela pegou o que tinha ganho e andou em direção à porta.

"Ei! Seu pagamento."

"E esse dinheiro?"

"Isso aí foi o adicional."— Reclamar ela não ia. Ele não tinha envelope nem nada mais discreto, então pegou uma mochila e lhe entregou. Ela abriu, e na mochila tinha um maço de dinheiro, uma carteira de Kent de melão e um livro (*Outros Jeitos de Usar a Boca*). Deu um beijo rápido e leve e caminhou pra porta.

"Perainda. Eu vou lhe levar."— Mais uma vez ela aceitou sem objeção. Foi encostar-se na parede e esperar que ele pegasse a chave do Maverick, mas ele não chegou a tanto. Caiu desmaiado num baque absurdo de alto. Kelly entrou em desespero sem saber o que fazer. Levantou as pernas dele após colocá-lo de barriga pra cima, jogou água na cara do homem, fez pressão no peito, respiração boca a boca, mas nada parecia funcionar. Ela desistiu. Ia embora. Ia correr dali.

Antes, decidiu pegar uns pacotes de pó e duas armas, e colocou tudo na mochila. Ia embora, mas parou na saída observando o corpo no chão com certo dó. Foi quando ele acordou, levantou um pouco assustado e se desculpou. Como se nada tivesse acontecido, pegou a chave, entrou com ela no carro e perguntou onde ela queria ficar.

"Onde tu me encontrasse."

"Eu deixo você lá."

E, após uns minutos calados, puseram-se a conversar de novo. Conversaram tanto que não sabiam mais nem sobre o que conversavam.

No rádio tocava o *Appetite for Destruction* do Guns.

Ao chegar no local, ele pediu a ela mais um cigarro. Ela fez fogo prele puxar. Pediu ainda um beijo, e ela deu. Perguntou se ela faria ponto naquele dia, e ela disse que sim.

* * *

"Mas como é teu nome, hein?"

"Eu passo aqui hoje de noite, pode ser?"

"Pode."

Capítulo III

A caminhada do ponto até sua casa não pareceu demorar tanto quanto de costume. O calor junto à maresia a cansava, mas agora menos que antes. Kelly subiu a escada e entrou no apartamento exausta, mas sentindo algo estranho. Não sabia o que tinha acontecido, mas sabia que tinha acontecido algo e precisava descobrir até onde esse algo iria. Precisava fazer o teste definitivo. Tentou olhar tranquila pro canto da casa que tirava sua paz todos os dias, mas não conseguiu. Ficou em pé vendo o berço vazio e ouvindo o choro de uma criança que não estava mais lá. Algo nela havia mudado, verdade, mas não tanto quanto gostaria, não tanto quanto precisava, então foi sentar na calçada, tomar umas Devassa e fumar metade de um maço. Continuava ouvindo o choro e sabia o que aquilo era, mas sabia também que não queria mais deixar de ouvir. Não queria perder a ilusão de que a garota ia voltar.

Ela não ia.

Isso não importava tanto.

Ela esperava pela menina, e isso era tudo o que ainda podia ter.

* * *

O nariz dela coçava.

Capítulo IV

Depois de cair na cama do jeito que chegou em casa, Kelly apagou por algumas horas e levantou no início da noite.

Pôs no fogo um miojo (o de galinha caipira. O preferido dela era o de carne, mas tinha acabado).

Tomou dois dedos de café, um banho demorado, fumou uns três cigarros e foi se arrumar pra fazer ponto. Ela tinha um ritual pra se vestir e se maquiar, ritual que doía muito nas primeiras semanas e um pouquinho menos depois delas. Agora doía muito pouco. Mentira. Ela olhou para os próprios olhos refletidos no espelho e foi sincera consigo: não sentia dor. As coisas que vinha sentindo desde a última noite eram diferentes. Essa era inédita, mas estranha, e ela não podia se permitir pular no escuro daquele jeito, de novo, então cantarolou "Sapato Velho" do Roupa Nova, que era a música que cantarolava anos atrás junto ao berço. Parou assim que sentiu uma lágrima cair. Tudo bem. Estava tudo bem. Ela se olhou no espelho, viu algo além da silhueta, e riu porque parecia um tiquinho mais bonita. Isso também não importava.

* * *

A hora de sair chegou, e ela estava pronta. Decidiu ir mais cedo, porque queria estar lá no mesmo horário que o Maverick passara na noite anterior, mas, caso ele passasse antes, seria péssimo ela ainda não ter chegado. Não queria deixá-lo esperando. Foi andando. No caminho pensou em fumar, mas preferiu não.

Era uma noite estranha, essa. No mínimo diferente. Era sexta à noite. O vento era frio, e a maresia deixava a pele dela liguenta. O movimento, como esperado, era maior, o que a levava a pensar que os insultos e xingamentos viriam também com maior frequência. Não foi o que aconteceu. Carros e mais carros paravam para ela, e os motoristas demonstravam interesse, oferecendo mais dinheiro do que costumava cobrar, mas ela rejeitou todos. Queria estar ali quando o Maverick viesse. Não podia entrar em nenhum carro que não fosse aquele. Ela rejeitaria quantos clientes precisasse. Pensava até nas músicas que ia escolher (e dessa vez escolheria o CD *Dom de Sonhar* do Mumuzinho).

Era a hora marcada, e Kelly sentiu que tinha algo como ansiedade dentro de si, mas deu um jeito nisso também. Se tinha algo que ela não podia era perder o controle. Estava tudo bem? Estava.

Ele não veio ("Ainda." — Ela pensava).

Passaram dez minutos, e nada de carro vermelho. Meia hora e nem sinal. Duas horas depois da hora prevista, passou um carro da mesma cor. Era uma Kombi.

"Pode ter acontecido algum imprevisto, não sei, mas ele vem. Ele disse que vinha."

E os clientes continuavam a serem rejeitados. Ela já tinha começado a acender os cigarros e já podia contar mais homens rejeitados que bitucas nos seus pés.

* * *

Viu a hora. 4 da madrugada. 5. 6.

6 e 10.

6 e 20.

6 e 45.

Às 7 ela sentou no meio-fio e teve uma crise de riso. Não podia ser verdade que ela tinha se deixado levar dessa forma. Sentia-se burra e ria de si mesma. Riu. Daí riu mais alto. Daí riu muito, riu tanto que perdeu o fôlego, riu tanto que chorou. Parecia ele rindo, e, ao perceber isso, aquilo tudo perdeu a graça. Nem sabia o nome dele. O dela era Kelly, e a maquiagem estava borrada. Era verão, então estava suada também, porque àquela hora já fazia um calor do caralho. Ela levantou, enxugou o rosto e decidiu ir pra casa.

Precisava urgentemente de uma carreirinha de pó.

FUMEIRÃO

{ESTÁDIO COARACY DA MATA FONSECA}

Para Shakespeare

A chibata corre solta na Terra desde que Caim matou Abel e não deu em nada.

CHINÊS/FALCÃO

Capítulo I

Josicleide recebia pra assistir aos jogos. Não conseguia pensar em um emprego melhor do que o dela: receber pra ver jogo e dar cacete em torcida organizada (não tinha recebido o codinome de "Cleide Caceteira" à toa).

Ir aos jogos do ASA sempre foi um ritual sagrado que a moça compartilhava com o pai. Antes de dar seus primeiros passos, Josival já levava a menina ao Fumeirão e sorria vendo a pequena gritar. Ela não fazia ideia do que significava aquilo tudo, mas ele sorria mesmo assim. O sorriso ganhou ainda mais vida quando a menina começou a entender o que era um gol e a vibrar cada vez que seu time anotava um. O homem sempre calçava sua criança com uma meia preta e uma branca, e em todo aniversário o presente era o mesmo: uma camisa nova do ASA. A relação entre pai e filha tinha aquele time como base e como escudo. A bandeira do time era a bandeira deles, e a única vez que Cleide perdeu de ver um jogo, teve febre.

Seria injusto com a PM dizer que foi a instituição quem fez da menina aquele animal descontrolado. Ela sempre bateu. Sempre que pôde. O sonho dela era ser uma zagueira, mas não tinha talento. A PM parecia uma segunda opção ótima, e ela infernizava a vida do P1 que se recusasse a colocá-la pra trabalhar em estádio. Aquela situação nem era estranha. Já estivera ali antes, só que do outro lado. Aos 15 entrou pra Mancha Negra pensando em quanto cacete podia dar em regatiano quando tivesse briga, e, se não tivesse, quem a provocaria seria ela. Nessa época, Cleide tinha o cabelo metade branco e metade preto.

Porra de ordem social, o que ela gostava era de dar porrada. E do ASA.

"Cleide Caceteira?"

"Sim, senhor?"

"Final do Alagoano esse domingo."

"Pois não, senhor?"

"Tá escalada."

"Sim, senhor."

Ela até tentava disfarçar, mas a covinha do riso se formava no cantinho da bochecha. O resto do batalhão fingia discrição também, mas rolava um bolão pra saber quantos enquadros Cleide ia meter. Todo mundo sempre errava pra menos.

Não que o *modus operandi* dela tenha mudado, ainda era a mesma baderneira da Mancha. Se não tinha confusão durante o jogo, ela criava. Tocava fogo no circo sem se importar com o fato de que era ela quem estava no picadeiro.

Abria o globo da morte e entrava como pedestre só por diversão. Quais as chances de dar errado?

Capítulo II

Pro azar do Cabo Aricleiton, que sempre fazia promessa pra santo ou proposta pra sargento pra evitar ficar no mesmo serviço que Cleide, ele tava escalado praquela final.

Pro azar de quem apostava baixo, Cleide tava com sangue no olho. Chega enchia a boca d'água quando pensava que a torcida visitante era o Comando Vermelho.

Pro azar do comandante, ele teria que lidar com a imprensa, porque o P1 gostava da bagaceira e sabia o que tava fazendo quando colocou a soldada lá.

Pra sorte da Mancha, Cleide só tinha olhos pro CV nesse domingo.

O show estava preparado, e a artista se aquecia, soltava os braços, dando socos na parede.

"E o ASA, Cleide? Ganha hoje?"

"E não? Aqueles pomba leza do CRB vão tomar é no boga."

"A bicha tá com o cão no couro."

"Tô, vum? Hoje, quem eu pegar tá fudido na minha mão."

E foi dito e feito. Uma ambulância teve que abrir espaço em meio ao trânsito pra levar o primeiro torcedor que a mulher abordou. O jogo ainda nem tinha começado.

A notícia correu pela torcida regatiana, gerando uma faísca de indignação. Espalhando-se, a faísca tinha virado uma fogueira, que podia ser percebida na forma que cada um deles olhava pra polícia, principalmente para as policiais, tentando identificar qual delas era a braba. Mas não fariam nada. Não por enquanto. Principalmente porque, com cinco minutos de jogo, o CRB já tinha marcado o primeiro gol. Um pênalti pra lá de discutível, um cartão vermelho pra lá de contraditório e um goleiro, no mínimo, azarado. A bola bateu no travessão, no calcanhar dele e no fundo das redes, o que fez a torcida alvinegra se agitar. O policiamento ficou mais forte neles, mas a mulher ainda queria era botar pocando nos maceioenses.

Não estava nos planos dela bater em nenhum asaíno naquela noite, mas a raiva da torcida começou a sair do controle, e a soldada... ela nunca teve controle nenhum. Deslocou o maxilar de um menor de idade com um soco. O oficial responsável se desesperou nesse momento. Aquilo podia ser o estopim pra uma confusão generalizada, mas não, a torcida se calou. Aricleiton agradeceu ao seu santo. Até a torcida alvirrubra ficou quieta por instantes, sem nem mesmo saber o porquê, mas, quando a notícia chegou, ficou claro que era a mesma mulher que tinha estragado um dos deles. Ninguém tirou mais o olho dela.

CRB fez o segundo, sua torcida vibrou, mas nem assim tirou o olho dela. O primeiro tempo acabou e Cleide foi pro lado dos vermelhos fazer a vistoria por lá. O oficial achou melhor, porque a essa hora a Mancha tava querendo pegá-la. Não sabia ele o que se passava na cabeça dos visitantes.

A mulher era tão bruta que se concentrou em encarar de volta quem a encarava, sem se perguntar por que todo regatiano que passava por ela passava com ódio. Na verdade, tanto fazia. Ela tava ali pela desgraça mesmo. E pelo ASA, que perdia de 2 a 0, motivo suficiente pra deixá-la ainda mais revoltada e dar enquadros ainda mais violentos nos torcedores de Maceió — como passou a fazer. Pros poucos que ainda não tinham certeza de que era ela a tal moça, agora não restava mais dúvida.

Capítulo III

Vendo a torcida de vermelho comportada, Cleide chegou a ficar um pouco triste. Lembrou com saudade como tinha enfrentado cinco azulinos de uma vez na semifinal. A nostalgia trouxe a ela uma melancolia que só acabou quando seu ASA fez o primeiro gol. Ainda perdia, claro, mas agora tinham diminuído o prejuízo. O segundo tempo tava só começando, e o time dela estava vivo, o time de Arapiraca tinha acordado. Foi quando, com 15 minutos do fim do intervalo, o jogo ficou empatado. 2 a 2. Ela mal podia acreditar. Não se importava mais em patrulhar, rondar, vigiar ninguém. Nem em bater se importava. Largou o posto de vez (tirou até o capacete do choque) e foi pra grade torcer.

"BORA, FÉBE DO RATO! BOTA ESSA PORRA DESSA BOLA NESSA PORRA DESSE GOL!"

E, quase que como um *karma*, o 9 dos alvinegros cavou um pênalti ridículo, que, pra incredulidade de todos os presentes, deu certo. Camisa 2 de Maceió expulso. Goleiro prum lado, bola pro outro. O ASA virou o jogo, e o estádio virou um inferno.

O zagueiro se recusou a sair de campo, o capitão arapiraquense foi tentar conversar e levá-lo à beira do campo de forma pacífica, mas foi empurrado e caiu longe. Isso fez o 9 ir tirar satisfação e cair também após tomar um murro no olho. Aí começou.

O pandemônio estava inaugurado.

Capítulo IV

Por um momento, Cleide esqueceu que era uma policial violenta e agiu só como uma pessoa violenta. Pulou a grade e entrou no campo pra descer o cacete em quem estivesse usando vermelho e branco. Aricleiton, percebendo o que isso ia causar, correu atrás dela, acompanhado do resto da polícia.

Quando os jogadores entenderam, de fato, o que estava pra acontecer, desistiram do confronto, e tanto os do ASA quanto os do CRB correram pra dentro do vestiário e se trancaram lá. Uma espécie estranha de guerra tinha começado, e a PM, num pequeno círculo protegido por seus escudos, resistia como podia ao CV, que desceu alucinado das arquibancadas pra ter a vingança que esperava.

A fumaça cobriu tudo, e ninguém enxergava bem, só se ouvia a gritaria. Uns gritavam enquanto batiam, outros gritavam da dor das pancadas de cacetete, uns gritavam enquanto tremiam à descarga de *Taser*, e o resto, ao sentir o ardor do *spray* de pimenta ou o impacto da bala de borracha. A confusão era tanta que ninguém sabia em quem tava batendo. Era cada um por si e Satanás por todos.

Esse ápice do conflito durou uns dez minutos. Quase não havia mais fumaça nem regatiano em campo quando Cleide viu um objeto esférico voando em sua direção. Sem pensar ou ter a mínima noção do que estava fazendo, ela pegou sua tonfa e rebateu aquilo como quem rebate uma bola de *baseball*, lançando a coisa redonda num caminho vertical. No susto, só percebeu o que era quando a bolinha explodiu — o que aconteceu numa altura suficiente pra não machucar ninguém.

Sua cabeça funcionava tão absurdamente rápido que ela nem teve tempo pra saber que tava procurando na memória recente quem é que tinha jogado aquilo, e, até uns três segundos depois que começou a correr, ainda não sabia como tinha tanta certeza de que era ele, mas era ele.

Um maloqueiro de cabelo rosa. Não seria fácil perder de vista, mas seria difícil alcançar, porque ele corria prevendo o que a soldada faria caso o pegasse (e ela ia pegar). A Caceteira corria atrás do cara como um predador esfomeado. Corria trombando e derrubando quem estivesse na frente, e ela sabia que não ficaria em paz consigo nem tão cedo se não o alcançasse, por isso o alcançou, e, quando ele ouviu um sargento segurando a mulher e pedindo à "Cleide Caceteira" que se acalmasse, teve certeza de que aquele apelido tinha um porquê.

Capítulo V

O jogo retornou, acabou, o ASA ganhou, e nem assim Cleide tava contente. O Cabelo-Rosa tava na mala do camburão, e o sargento ainda discutia.

"A gente vai perder tempo."

"O senhor vai deixar solto o cara que jogou UMA GRANADA na gente? *UMA GRANADA*, SARGENTO?"

"Cleide, pelo amor de Cristo, eu não tô dizendo isso. Você acha que eu sou louco?"

"Por um momento me pareceu."

"Eu vou dar parte de você, soldada."

"Pode dar, essa bosta."

"REPITA, POR FAVOR, SOLDADA."

"Sargento..."

"A GENTE TEM TRÊS VIATURAS E DEZ OCORRÊNCIAS. SINTO MUITO QUE O SENSO DE JUSTIÇA DE DONA CLEIDE CACETEIRA TEJA SENDO ATACADO, MAS EU TENHO COISA MAIS IMPORTANTE PRA FAZER AGORA. A

GENTE VAI PASSAR HORAS NA DELEGACIA SENDO QUE NESSE MOMENTO TEM UMA FILHA SENDO ESPANCADA POR UM PAI? REVEJA SUAS PRIORIDADES, POR GENTILEZA."

"O SENHOR NÃO LEMBRA, NÃO, O QUE ELE FEZ? VAI DEIXAR ELE SAIR ASSIM? SEM NADA DEMAIS?"

"Nada demais, soldada? O cara nem acordado tá, da pisa que levou da gente."

"É SÓ ISSO?"

"Pelo que me parece, ele tá com uma costela e um nariz quebrado, desacordado, e a minha pretensão é a de deixar ele dormindo NA PORRA DA ENTRADA ***DO IGACI!*** É ***SÓ*** ISSO."

"...E ele ainda vai acordar solto."

"Ah, faça-me um fav..."

"Se o problema for o da delegacia, tudo bem. Me deixe lá com ele agora, que aqui a gente tá só perdendo tempo. Tô dispensada do serviço. Pode dar parte de mim, senhor, que eu fico presa no final de semana."

Capítulo VI

"Acordou, a margarida."

"Onde é que eu..." — a margarida foi impedida de terminar a pergunta por um soco na boca. — "POR QUE PORRA EU APA..." — outro soco. Ele apagou de novo.

"Ah, não! Eu num tive esse trabalho todo pra esse fela da puta ficar aqui dormindo, não." — Cleide encheu um copo com água gelada e jogou na cara do rapaz enquanto gritava em seu ouvido — "ACORDE, ARROMBADO!".

A delegacia estava praticamente vazia. O delegado tava em qualquer bar comemorando o pós-jogo.

Na rua da DP não passava um carro sequer, mas ela sabia que em algum lugar da cidade estava tendo carreata, confusão e buzinas incessantes. Era lá onde ela queria estar, erguendo a bandeira do seu time de coração, olhando pro céu e esperando que seu pai estivesse vendo de lá o ASA ganhar outro estadual. Os devaneios passaram, e ela percebeu que, em vez disso, estava numa delegacia largada, tentando manter um marginal peba acordado e ouvindo "Mágica" do Calcinha Preta em alguma estação de rádio qualquer.

Capítulo VII

“A gente tá aqui tem quanto tempo?”

“Duas horas.”

“Tudo isso pra me prender, senhora? Eu já disse que num foi eu.”

“Eu vi, rapaz.”

“Num foi eu não, senhora, eu juro pelo meu pai.”

“E cadê teu pai?”

“A essas hora? Tá no céu lamentando esse jogo... e o cacete que tu me desse.”

“E pra quê que tu fizesse aquilo?”

“Aquilo o quê, senhora?”

“*Jogou uma bomba na polícia.*”

“Se eu disser que num foi eu, você vai acreditar? Num vai.”

“E tu correu por quê?”

“Por mó da explosão. Uma bomba estourando daquele jeito no meio do campo, eu ia ficar lá, era, com a cara de otário?”

E o pior é que fazia sentido. Ela nem sabia como tinha tanta certeza de que tinha sido ele. Todo mundo tinha corrido, mesmo.

“Eu tô dizendo a verdade, véi.”

“Certo. Quando o delegado chegar, você ‘diz a verdade’ pra ele.”

Ela nem sabia se o delegado viria e, se viesse, que horas ia vir. Na verdade, ela sabia. Sabia que ele não vinha, mas isso não era coisa que se admitisse. Ela não tinha enfrentado um superior por nada. Ou tinha?

“Teu pai morreu tem tempo?”

“Uns 2 ano.”

“O meu morreu tem nem 6 meses.”

“Eita porra. E foi de quê?”

“Cirrose.”

“O meu foi baleado mermo.”

O cara até que era bonito. Não. Bonito uma pica. Ele tinha jogado a porra de uma granada nela.

Mas ele era bonito.

“Era regatiano também, era?”

"Regatiano doente."

"O carro do meu pai era listrado, pra tu ter uma ideia. Branco e preto."

"Meu aniversário de um ano foi do CRB."

"O meu de um ano foi de cangaceira."

"Oxe?"

"Os outros foram do ASA."

"Aí também já é demais, véi."

Caralho, ele é bonito.

"Deixe eu te contar..."

Porra, esse sorriso...

"Conte aí."

Puta que pariu.

"Meu primeiro vestibular foi depois de um jogo do ASA, e eu não consegui passar porque molhei o gabarito todo com meu choro."

"Tinha sido com quem?"

"CSA."

"Aqueles pau no cu."

Ele era lindo.

"Sim, af."

"Eu já perdi um emprego nessa resenha."

"Oxe! Conta."

"CRB tumou-lhe um vareio, e no outro dia cedo eu tinha serviço, mas não fui porque adoeci de tristeza."

"Perdeu pra quem?"

"CSA!"

Ele era lindo mesmo.

"Aqueles arrombado, af."

"Pode crer, véi."

Capítulo VIII

"Moça?"

Ela acordou.

"OI?"

"Desculpe acordar. Tem como me dar um copo de água? Eu tô morrendo de sede."

"Eita porra. Que hora é essa? 3:30!"

"O delegado chega que hora?"

"Nem sei, visse."

"Assim é bom, viu? Vou é estudar pra virar delegado."

"Esse arrombado tá de graça com a minha cara."

"Desculpe, senhora."

"Tu não, porra, o viado do delegado."

"Ô, porra..."

"Eu liguei pra ele, disse que tinha BO aqui, e ele gandaiando."

"Pra comemorar o ASA, né? Se o CRB tivesse ganhado, quem tava na gandaia era eu."

"Nem asaíno aquele porra é. Vem de outro estado, aquela praga."

"Mas deve tá comemorando assim mermo. É que nem dizia minha vó: num quer saber quem morreu, só quer é chorar."

"Deve ser."

E talvez o sargento tivesse certo. Ela ia fazer o que tava pensando que ia fazer? Ia. Só não ia deixar o sargento saber, senão nunca mais ia ter sossego dentro do quartel.

"Vamo fazer o seguinte?"

"Digue."

"Eu vou deixar tu ir embora."

"E mais o quê?"

"Eu deixo tu ir se tu nunca falar de nada disso aqui pra ninguém. Nem da bomba, nem da delegacia, nem do delegado... nem de mim."

"Beleza." — Ele foi solto e quis saber: — "Tem uma folha aí e uma caneta?"

Ela arrumou a caneta e um pedaço de papel. Ele compôs um haicai sobre ela e deixou embaixo um número de telefone.

"Eu gostei de trocar ideia com a senhora. Se pá, ligue pra eu. Se tu tiver em Maceió, a gente se vê, ou, qualquer coisa, eu colo aqui em Arapiraca."

“Tá bom.”

Ia ligar? Não. Não era possível. Era sim. Ia. Ou não? Ô, porra. Depois ela pensava nisso. Agora tinha um título do alagoano pra comemorar.

VEREADORA
{VELHACARIA}

Para todos os endividados.

Eu vou beber pra esquecer minhas dívidas. Bebe, negão. Eu vou beber pra esquecer minhas angústias. Bebe, negão. Eu vou beber, que hoje eu quero alegria, meu Deus.

RENATO FECHINE

Capítulo I

Os dois gemidos pareciam um. Os dois chegaram ao mesmo tempo, e aquilo era como flutuar no infinito. Ele mal podia acreditar que tinham se reencontrado.

"Por que tu fosse embora, seu corno?"

"Você sabe o porquê."

Ela sabia que ele tinha ido pra Maceió tentar vaga no CRB, que não tinha conseguido e de lá foi pra Salvador tentar no Bahia.

"Eu sei, mas depois do segundo teste eu num tive mais notícia tua."

"Ninguém teve, meu bem."

E ninguém teve mesmo. Ninguém sabia ao certo o que aconteceu com ele após ser rejeitado na segunda peneira. Às vezes ele contava que tinha sido rejeitado numa terceira e numa quarta, às vezes contava outra história. Na maioria delas, dizia que tinha virado caminhoneiro e batido o Brasil inteiro fazendo entrega, mas nunca havia uma explicação pro porquê da falta de informações, por que cranco ele nunca deu notícia de vida. Todo santo dia o pai dele chorava ao acordar, e toda noite a mãe rezava antes de dormir, sem saber se pedia pra que o filho voltasse a salvo pra casa ou se pedia que Jesus Cristo aceitasse de braços abertos a alma dele no céu.

"Eu achava que tu tinha."

"Todo mundo achava."

"Tu disse que ia casar comigo."

"Eu disse pra muita gente que ia casar, mas era mentira."

"Tu é um fila da puta."

"Ei! Respeite mainha."

Eles não conseguiam nem fingir que queriam brigar. Tentaram levar as provocações adiante, mas a única coisa que conseguiram foi rir.

"E Dona Valdirene? Tá boa?"

"É estranho não chamar ela de 'sogra'?"

"Não. Não chamei mais ninguém de sogra desde que tu se danasse no mei do mundo."

"Isso faz quantos ano?"

"Se tu num lembra, imagine eu."

"Se eu disser que tu foi minha única namorada na vida, tu acredita também?"

"Não."

"Vôte! E por quê?"

"Porque tu é caba safado. Raparigueiro."

"Eu sou, mas a única mulé com quem eu parei quieto foi tu."

"É, e ó onde a gente tá agora."

Estavam na famosa "Rua 16", no Centro de Arapiraca. Não era exatamente um ambiente agradável ou acolhedor. Não era exatamente a joia da coroa real da gloriosa família tradicional brasileira — embora viesse dela, de suas sombras e afins, claro (N.A.).

"E como tu viesse parar aqui?"

"Tu num queis saber, não."

"Tu cobra quanto?"

"Você sabe que não foi serviço."

"A gente devia tá casado agora, tu sabe, né?"

"Devia, mas você foi covarde."

"Eu tive motivo."

"E foi? Num me diga."

"Num digo, não, mermo."

"Home! Vai-te tomar no teu c..."

E ela tava tão concentrada em pôr pra fora a raiva que não viu ele lançando o corpo contra o seu, colando os lábios nos dela como que pra selar e carimbar um acordo feito sem palavras. Algumas almas se encontram e não conseguem nunca deixar a outra ir embora de verdade. Era algo assim. Ele nem sabia como, mas tinha encontrado a dela de novo e ficava aliviado por sentir que se encontrava em casa, ao menos uma última vez.

Capítulo II

Era madrugada, e ele tinha decidido dormir ali mesmo. Ficaram os dois deitados num abraço contorcido até que pegassem no sono ou chegassem perto disso, já que o "sono" dele não passava de um cochilo de dez ou 15 minutos. Ele levantava, checava o revólver, olhava a rua pela janela e sentava, suspirava e deitava de novo. Repetia isso de forma incansável. Repetia como quem repete um ritual sagrado.

"Você sabe que eles num vão vir, peste." — Era mentira.

"Você sabe que eles vêm." — Eera verdade.

"E por quê?"

"Eu matei gente rica. Você sabe o que acontece com pobre lascado quando mexe com essa gente."

E a história era tão absurda que, por mais que ele repetisse dez vezes (como, de fato, foi obrigado a repetir até que a ficha ameaçasse cair), ela ainda não acreditava completamente que ele tinha matado uma vereadora, ainda mais a Calline Bezerra — a mais votada da cidade.

"E tu tinha que mexer logo com ela?"

"Eu sei o que eu fiz, tá? Eu sei, mas agora já era, não adianta mais." — Falou e foi de novo à janela. Vez e outra ouvia barulho de sirene e suava em bica até perceber que não tinha viatura nenhuma.

"Só que ela tá morta, Satanás. Ela vai fazer mais o quê?"

"E o marido dela, aquele djabo? Tu acha mermo, MERMO, que ele vai deixar isso assim? Eu vou ter que pedir pelo amor de Nossa Senhora prele me matar, e ele não vai."

"Crê em deus pai..."

E ele sabia, tinha certeza de que daquela noite não passava. Já era sortudo de ter vivido mais de um dia desde aquilo.

Em meio ao desespero, ele se lembrou da mãe. Não queria que contassem a ela sobre sua morte quando acontecesse, mas sabia que estaria estampada em tudo quanto era jornal. Uma merda desse tamanho não ia passar desapercebida. Ou o contrário. A esperança dele era que, por ser com os grandes, ninguém espalhasse. A coitada da velha não tinha mais nervo pra isso. Ia morrer assim que recebesse a notícia. Quase morreu quando o menino sumiu, quase morreu quando o marido se foi e por pouco não morre agora que o filho tinha voltado.

Quando abriu a porta e o viu, mal reconheceu. Ele tinha ido embora cedo, e ela tinha perdido quase toda a vida dele — e a dela, também (principalmente a dela). Quando o viu entrar, a mãe não sabia se chorava, se gargalhava, se agradecia a todos os santos pra quem fez promessa — e começava a pensar em como iria pagar todas elas — ou se espancava aquela desgraça por fazê-la morrer tantas vezes durante tanto tempo.

“Como tu teve coragem de fazer isso com a tua mãe, fio de uma puta?” — Ela gritava em meio às lagrimas que deixava cair enquanto alternava entre abraçá-lo e socá-lo com toda a força que aqueles bracinhos finos e velhos ainda teimavam em ter.

Ele nem respondia, só a abraçava forte.

“Por que foi que tu fizesse isso, Maxwell?”

Ela não entenderia se ele explicasse, e ele não entendia como ela conseguia viver com tão pouco. Nem todo dia tinha comida, nem sempre tinha água, e a casa era minúscula, praticamente um cômodo só (sem entrar no mérito do estado no qual se encontrava esse cômodo).

“Eu vou arrumar um trocado pra tu, véia.”

“Tu vai arrumar é porra nenhuma. Vai arrumar como, desgraça?”

“Eu vou dar meu jeito.”

A velha não estava sem razão quando sentiu um aperto no peito ao ouvir essa frase. Sabia que esse ‘jeito’ era enrascada e sentiu algo horrível. Abraçou o filho com mais força do que a que (r)existia em seu corpo, como que sabendo ser aquela a última vez que o veria.

Ele tinha uma aposta pra fazer naquela noite.

Capítulo III

As versões de Maxwell do porquê de ter voltado nunca batiam umas com as outras, mas quem teve contato com ele desde a sua chegada — e não que fizesse muito tempo — já tinha percebido uma coisa: o cara era doente por apostas. Poderia apostar em qualquer coisa. Partidas de futebol de várzea, campeonato estadual, Brasileirão, Copa do Brasil, vôlei ou basquete (mesmo nem assistindo), lutas, quadribol (mesmo não fazendo a mais remota ideia do que peste isso fosse) ou em qualquer outra merda que colocasse na cabeça. Na última eleição, tinha apostado em candidatos. Pra ter voltado pra Alagoas, devia ter ficado devendo até o olho do cu na Bahia, em Sergipe, Pernambuco e no resto do Nordeste — o que não significava que ele ia parar de apostar (como, de fato, não parou). O dinheiro que trouxe já tinha ido embora em jogos que ninguém nem imaginava que existissem. Estava zerado — o que também não significava que ia parar de apostar (como, de fato, não parou).

Quaisquer 2 reais que ele (por acaso e só) arranjava eram jogados na primeira oportunidade que aparecia. Ganhava, perdia. Ganhava mais do que perdia, na verdade, mas o apurado ele comprava de cana e *otras cositas más*.

Só que tinha essa rinha em Maceió. Não era rinha de galo, não era rinha de cachorro, não era rinha de gente, e ele não ousava nem mencionar do 'que' tratava, mas pelo visto e ouvido era nela que iria lucrar.

O motivo da aposta (seja lá qual fosse o bicho) não tinha a menor chance de perder. Não seria difícil, não exigia cálculo ou santo ou sorte ou qualquer outra coisa. Era cem por cento de certeza. Era como apostar que o sol é quente, que as gotas da chuva molham, como apostar que você queima se pegar fogo. E não era dinheiro pouco que ia rolar ali, era *grana*. Era a chance dele de sair do buraco no qual se encontrava desde sempre.

Procurou quem lhe emprestasse dinheiro, mas não estava na cidade há tempo suficiente pra conhecer muita gente, nem tinha intimidade suficiente com ninguém pra tanto. Não tinha trabalho, e as poucas pessoas que sabiam bem o bastante quem era a peça não emprestariam um real. Foi quando o Cão chegou até ele.

Era tarde da noite, e ele, numa mesa de bar, chorava copiosamente pensando que *pela primeira vez* tinha certeza em um jogo, mas que justamente *nesse* não ia poder jogar. Pensava em como ia poder comprar tênis caros com aquele dinheiro, roupas de marca, como poderia comer por prazer e não por uma questão básica de sobrevivência, até na possibilidade de obturar os dentes ele pensava. Pensava na casa que poderia comprar pra mãe e em como ela ficaria chique montada numa Mercedes. Até tentaria parar de apostar depois disso. Iria investir em imóvel ou sei lá em quê. Mas nada disso. Tudo perdido. A cabeça doía de tanto chorar.

"O que é que tu tanto se lamenta, homem?" — O garçom perguntou.

"Home, me deixe quieto."

"Me diga, rapaz."

"Vai te fuder, bobônica. Deixe eu chorar em paz, ôr."

"Isso foi bem coisa com quenga."

"Antes fosse."

"E foi o quê então?"

"Você vai resolver meus problema se eu contar?"

"Depende dos pobrema."

"Certo. É dinheiro. Você tem?"

"Não."

"Então."

"Mas eu sei quem tem."

"É. Eu também. Sei de muita gente que tem, mas de nenhuma que me empreste."

"Pois é. Eu sei de gente que tem e empresta."

E, quando Maxwell se lembrava da pressa que teve pra ir atrás do contato do garçom, se arrependia dolorosamente. Mas o arrependimento não durava muito. Ele sabia que agiria daquela forma de qualquer jeito. Foi o que ferrou com tudo.

Era a tal da vereadora, que gostava de emprestar dinheiro a juro. Ele sabia do perigo, mas era a oportunidade de uma vida. Pegou com ela todo o dinheiro que foi possível pegar, apostou e perdeu. Foi uma surpresa ingrata, uma surpresa horrível, mas perdeu. Era impossível, mas perdeu. Foi como mergulhar e descobrir que o mar era feito de merda. Foi como perceber que estava num pesadelo, mas não conseguir acordar, e saber que, independentemente do quanto quisesse ou tentasse, nunca ia conseguir. Ele perdeu. Perdeu. Perdeu o dinheiro da vereadora e não tinha mais nada com o que pagar a não ser a própria vida... que não valia uma pipoca, mas serviria de exemplo. Chegou a tentar fugir, mas não conseguiu passar da primeira esquina, e, por mais que ele implorasse e chorasse, dois homens enormes o levaram pra um sítio distante. A vereadora esperava lá e, quando viu o velhaco, abriu um largo sorriso.

"Que prazer lhe ver de novo, meu bem."

"Eu tô pedindo pelo amor de deus." — Isso foi o que deu pra entender da súplica dele. O resto o choro abafou.

"Nos meus negócios ele não se mete, não, anjinho."

"*POR FAVOR, TENHA PIEDADE.*"

"Não é algo que eu costume ter, sabe? Prefiro ter dinheiro... Mas você perdeu uma quantidade razoável do meu, e isso eu não posso deixar passar impune, amor."

O sorriso dela era cínico e carregava uma satisfação doentia. Tudo o que ele esperava era que a morte fosse rápida e o menos cruel possível, mas percebeu que não seria bem assim quando o levaram pra uma espécie de porão e o amarraram numa cadeira. Ali ele se deu conta do quão fudido estava. Tinha tomado no cu.

Capítulo IV

"Pra que tanto desespero, Maxzinho?"

Ele só conseguia soluçar.

"Você não vai morrer. Descanse, meu amor." — A última coisa que essa frase fez foi acalmá-lo. Ele sabia que ia preferir a morte, e estava certo, porque a dor de ter seus dois mindinhos cortados no cru quase o enlouqueceu. Em pensamento, ele pediu a Deus que a dor acabasse, nem que pra isso fosse preciso que a vida acabasse também. Tiraram-no da cadeira, jogaram no banco de trás dum carro e aceleraram até a Unidade de Emergência. A vereadora foi sentada ao seu lado. Deitou a cabeça do miserável em seu colo e foi acariciando-lhe os cabelos até chegarem na porta do hospital.

"Relaxe, queridinho. Eu não quero você morto, quero você vi-vi-nho pra espalhar pra *todo mundo* o que eu fiz você sofrer."

E, depois de jogado à porta da UE, o desgraçado desmaiou. Acordou num leito com as mãos operadas e sentindo no corpo a agonia da humilhação.

"Como foi que isso aconteceu, hein?"

"Eu não vou dar esse gostinho a ela, moça."

E a enfermeira não entendeu nada.

Capítulo V

Em uma das suas idas à janela pra checar a rua, ele ouviu um carro dobrar a esquina. Tinha um terço de chance de escapar. Um terço de chance de ter sorte. No carro ou estariam policiais, ou capangas dos Bezerra ou — sua benção — nem um nem outro. Dessa vez foi abençoado. Teria mais 15 minutos de sono. Pôs a arma embaixo do travesseiro e fechou os olhos.

"E essa arma? Onde tu arrumasse?"

"No acidente."

"Tu ainda num me explicou esse acidente direito."

"Eu já disse. Disse que eles vieram me buscar pra uma segunda rodada, e eu mordi a vereadora e descoisei o motorista, aí o carro capotou."

"Sim, mas como?"

"Mordi? Com os dente. Oxe!"

"Me conte essa peste logo."

"Eu entrei em desespero, caralho! Eles vieram me pegar pra outra, e eu não ia aguentar. Me agoniei. Tinha três otário dendo carro e a aquela quenga de dois conto. Eu perdi a cabeça, arranquei a orelha dela com uma dentada, e o corno que tava do meu lado puxou a arma. Eu dei-lhe uma cabeçada, ranquei a arma e atirei no motorista. O carro capotou, e eu peguei a bolsa da mulé e saí correndo — e num pergunte como, não, porque nem eu sei."

"E num parasse, não, pra ver se eles tinha morrido mermo?"

"Se tivesse parado, quem podia ter morrido era eu."

Ele deitou e ela o abraçou pelas costas, fazendo daquele condenado a pérola de uma conchinha.

"Eu nunca me esqueci de tu, seu bosta."

"Eu sei."

"Eu sei que tu sabe."

"E se eu disser que não esqueci de tu também? Nem por um dia. Tu acredita?"

"Não."

Capítulo VI

Depois de um pico de desespero e um gozo ansiolítico, os dois conseguiram dormir (abraçados). Passaram-se os 15 minutos de limite, e Maxwell não levantou pra conferir nada. Estava em paz com ela, e, sim, estava tudo mal, mas tudo bem, estava tudo bem.

Até ouvirem o primeiro tiro.

* * *

Depois o primeiro grito.

Depois o primeiro baque.

Depois disso vieram os tiros, os gritos e os baques seguintes.

"Agora já era, nega."

"Que porra é essa?"

"Eles chegaram."

"Eles quem?"

"A gente tem direito a uma última aposta. Tu acha que é a polícia ou os bandido?"

"Issé hora pra essas merda, caralho?"

Ele riu e a beijou com o fervor que uma possível despedida exigia.

"Vai pra debai da cama e não sai nem fudendo."

"Mas..."

"AGORA, PORRA!"

* * *

Ela se escondeu e ele apontou a arma pra porta...

O que não fez diferença alguma, já que não deu tempo de reagir. Abriram e acertaram 15 tiros nele.

Morreu sem saber se pela mão da polícia ou do ladrão. De quem o Estado usava ou de quem usava o Estado.

Enquanto chorava e se lamentava, ela pensava que talvez nunca soubesse se ele teria ganhado ou não a última aposta.

Capítulo VII

A moça não tinha tirado os olhos do corpo morto desde que ele caíra com o impacto do primeiro tiro. Agora a luz do sol entrava pela janela e o iluminava, mas ela olhava seu rosto e sofria ao ver que os sóis que um dia brilharam naquelas retinas tinham se posto. Os raios que batiam ali refletiam fosco.

Lá fora o dia já tinha nascido.

LUCIANO FELIZARDO

Cria do agreste, das quebradas de Alagoas, Luciano é escritor, e sua cabeça gira em torno disso. Lançou em 2020 o e-book *Trancado* e o livro artesanal de *Haicais Em 3 linhas*. Em 2022 lançou *Playlist-Poema* pela editora Ipê Amarelo.

Atualmente está se graduando em Psicologia pela UFAL.

este livro foi editado

na primavera

de 2022